桑德堡给

走在晨光前的人

[美] 卡尔·桑德堡 著

[美] 罗伯特·克劳福德 绘　　廖伟棠 译

重庆出版集团 重庆出版社

本书2017年获得美国NCTE优秀儿童诗歌奖委员会颁发的年度"优秀诗集"称号。

出版者的话

在我很小的时候,我的祖母就为我读诗,甚至包括莎士比亚。正如我现今所能体会到的,她觉得有些诗歌虽一时难以领会,然而诗中所蕴藏的情感与心境,对于了解我们身处的这个世界是至关重要的。我衷心希望这套诗歌绘本系列的出版,通过精选风格多样的诗人诗作,再配以世界上最优秀插画家的作品,能走入新一代读者的生命中。

——查尔斯·努伯格

走在晨光前的人

　　小读者将会在这本插图精美的诗集里发现卡尔·桑德堡的奇妙魅力。经由他的杰作——《年轻的牛蛙》《山南多》《雾》《烟和钢》等——这是进入桑德堡以及现代诗世界的绝佳门径。

我告诉他们风从哪里来,
小提琴关在琴匣后,音乐去了何处。

　　卡尔·桑德堡像一个流浪汉一样坐着有轨电车旅行,见证着20世纪初期的美国风貌。他写作报章专栏、儿童故事,还著有一本重要的林肯传记,他也是美国民间音乐的传承人。当然,他最广为人知的是他的诗,桑德堡的写作赢得了三次普利策奖,他成为了他那个时代里最著名的作家和公共演说家之一。

　　桑德堡的声音回荡在乡村的山谷、丘陵、草原,亦回荡在城市的烟雾和钢铁之间。为了人民、向着人民——他一以贯之为我们所有人发言。

　　这本收录了桑德堡最优秀的三十五首诗、带有精美插图的书,完美地把他异想天开且充满激情的诗介绍给我们。每首精心挑选的诗都带有令人惊叹的插图和对关键词的注释。还有一个特别附录是对每首诗简短而专业的评论。

　　在《树枝》中,看众树像跳舞的女孩一样在微风中飘荡;而《年轻的海》,"重击海岸/像年轻的心脏躁动"。在《摩天大楼爱夜晚》一诗里见证摩天大楼的灯光如何"点亮夜的天鹅绒晚礼服上的方格十字绣",在《雾》一诗里感觉雾气笼罩城市如"踮着小猫爪"。如此这般的诗句让人回味,难忘的时刻等待着读者。

　　本书由桑德堡诗歌研究的权威凯瑟琳·班泽博士编选和注释,并由获奖艺术家罗伯特·克劳福德配画。这个选集是年轻读者聆听那独特而重要的美国声音的最佳路径。

前 言

1914年，一个阴雨蒙蒙的下午，在芝加哥市中心。

卡尔·桑德堡挤在门口走道，等着有轨电车。他看到工人们从地下工地走出来，穿着褴褛的工作服，拿着沾满泥污的铁锹和午餐盒；摊贩收拾着他们的菜摊，点数着零星几毛钱收入；制衣工人脚步拖沓，双肩弯垂，在十二小时的工作中耷拉脑袋。有钱人坐在马车里戴着大礼帽，崭新的福特汽车在他们周围轰响。人们的帽子在倾飞横雨中四散。

站在憋闷的天气里，他想起了家人的温暖和草原上辉映着红、橙、黄色的落日；想起在尘土和汗水中收割作物的农民；当他像个流浪汉一样乘坐闷罐车穿越大草原时，他想起呼啸的风。这就是卡尔·桑德堡的诗，诗里充满了平凡的美国人——大地上的盐，他们努力工作，生活散淡，喜欢大笑和高歌。作为"人民诗人"，作为"草民、人群、大众"的发言人，他是象征20世纪初美国生活的声音。

卡尔·桑德堡于1878年出生于一块玉米秆编织的床垫上，在亚伯拉罕·林肯的国土，伊利诺伊州的加勒斯堡市。这是美国的心脏地带，邻近芝加哥那撑起美国生活的铁路枢纽。他的父母是没学过英语读写的瑞典移民，努力养活了自己的七个孩子。桑德堡在八年级后就中止了学业，为了帮补家庭，他干过擦皮鞋、派送牛奶和报纸、打扫酒吧和理发店的工作。他从芝加哥的生活中得到启发，创作了他的《芝加哥》（1916年）。1897年，19岁的他跳上一辆西行的大篷车，在这次旅行中他见识了美国风景的广袤和美丽，这为他写作诗集《剥玉米者》（1918年）和《烟和钢》（1920年）提供了灵感。

终其一生，桑德堡经历了内战的劫后余波，亦见证了20世纪60年代越战的残酷后果。他在1908年见过新款福特T型车，在1958年见到了福特·埃德塞尔汽车。他经历了两次萧条，包括1929年至1933年的经济大萧条和1930年至1936年的沙尘暴。他挨过了两次世界大战。他见证了电视的诞生,并被邀请体验了从东海岸到西海岸的第一次北美洲横越飞行。他是一名报纸记者、一位讲师、一个传记作者和一位民谣歌手。在历史写作与诗歌领域,他获得过三次普利策奖。

桑德堡的经验和观察是他的诗歌视野为人民发声的基本。位于他诗歌核心的潜在希望,带来了"为悲剧落的泪,对美丽的爱,对愚蠢的笑和对平凡与日常神秘的静谧、虔诚的沉思"。他说:"诗是关于火、烟囱、松饼、三色堇、人群和紫色日落的神秘与感性的数学;是在字词的精密棱镜中,对一个图像、一首歌与一种才情的捕捉。"

他于1967年去世,享年89岁,去世时听着肖邦的曲、闻着玉兰花的香。他的最后一句话是"葆拉"——他妻子的名字。

桑德堡诗歌中大写的"人"（译者序）

你想必在一些美国的老电影或者电视剧里见过这样一种美国农民形象：脾气臭臭的老头子，能在恶劣自然环境里倔强生存、熟悉他的农活和工具，也能在城市的黑暗与热闹里面游走自如。但当他接触到小孩子，他就忍不住流露出他其实是一个圣诞老人的本性，在口袋里变出许多老旧又神秘的宝贝，掏出一把班卓琴，为孩子唱起带着淡淡忧伤、轻轻幽默的布鲁斯。

这本诗集的创作者、美国大诗人卡尔·桑德堡就是这样一个倔老头。这几十首"给孩子的诗"就是他口袋里掏出的宝贝礼物。

这些宝贝也许最初并非为21世纪的孩子而准备，它们有的灿烂，有的稍有泥污、磨损；有的妙趣横生；有的呢，带有近百年前那个时代的烙印，反映着曾在地球另一面努力生活的那些人的喜怒哀乐。但总而言之，都是微言大义的、笑中有泪——或者相反。

卡尔·桑德堡(Carl August Sandburg，1878年1月6日至1967年7月22日)，美国著名诗人、历史学家、小说家、民谣歌手、民俗学研究者，曾三次获普利策文学奖。其中两次因为他的诗歌，一次因为他为亚伯拉罕·林肯写的传记。1939年12月4日当选《时代》杂志封面人物。成名作是《芝加哥》(1916年)和《玉米脱壳机》(1918年)，最后的诗作为《收获者》和《蜂蜜与盐》。《桑德堡给孩子的诗：走在晨光前的人》是他特意从多年创作中精选出来给未来一代的诗歌读本。

作为诗人，卡尔·桑德堡算得上20世纪美国最有公众知名度的"国民诗人"。一方面是因为他的诗歌紧贴普罗大众的生活，为之赞美、为之鼓与呼，他继承了惠特曼的传统，弘扬美国梦的同时也反思美国梦；另一方面他把自己当成一个吟游诗人，常常带着班卓琴全国巡回朗诵，边弹边吟唱自己的诗篇，诗的形式也倾向于民谣，富有音乐性和现场感染力，使他收获大量"粉丝"，包括美国总统。

这本诗集里，有许多诗是以"面具"写作法所写，诗人代入一个现实存在或者虚构的人物，以他的口吻说话——这样诗人和读者都可以扩阔自身囿于立场和经验的想象力，树立对芸芸众生的同理心。同理心，正是我们让孩子学习文学的一个最基本的情感教育。

卡尔·桑德堡很少以自己第一人称口吻说话，即使他表达自己的感受，也擅长投射自身到他人及景物当中，不自私，所以能感染不同的读者。而当他书写自然景物的时候，充满了美国拓荒时代所残留的雄壮以及一个神秘主义者的心醉神迷。这是美国文学之父爱默生、梭罗的传统，人与物齐，我们从绘本的风格也能看出来，自然的丰盛包围着人类，人类是其中大写的人，也是从属于万物、组成宇宙的平等元素。

值得我们注意的是，这些诗写出了美国大萧条时代人民的荣光，人们在艰辛中维持着尊严——为着信仰、为着希望、为着彼此之间的爱。卡尔·桑德堡的诗韵铿锵有力，像劳动号子，也像教堂圣歌，是那个时代人民的"群、兴、怨"，近百年之后的今天来读，仍然感动。

这是我翻译的第三位诗人，前两位是仓央嘉措和鲍勃·迪伦，卡尔·桑德堡恰好与他们一脉相承，翻译时注意的首要问题，都是如何保留民谣风味的音乐性。另外，他们都是有深刻地域特色的诗人，卡尔·桑德堡尤其强调自己的工农草根出身，诗中使用口语、俚语的同时又广泛融入本土典故和传奇故事，这些都是翻译的难度所在，如何能平衡对原作的忠实，又能照顾到我国少年儿童读者的理解力与认同感——这是我付出最多精力的地方。

不过，作为诗人译诗，我们向来拥有一定的"特权"，我们除了翻译诗同时也在写诗，有的句子是为了方便年幼的读者理解而进行了略有简化的意译，有的句子是我们吃透了原诗韵味的"再创作"——当然不会扭曲原意，但允许适当的发挥和同构，就像我和彼时彼地的卡尔·桑德堡一起尝试写一首21世纪的汉语诗一样。

最后我要感谢诗人周公度，替我和卡尔·桑德堡牵上线。感谢诗人曹疏影，她以世界文学研究的专业知识，给我的译稿提出非常多宝贵的修改意见，令这些诗焕然一新。

目 录

前言 1
桑德堡诗歌中大写的"人"
　　（译者序） 1

人之诗

年轻的牛蛙 2
杂 草 3
汤 4
我是人民，是草民 5
山南多 7
葆 拉 8
手动系统 9
爵士乐幻想曲 10
伊利诺伊的农民 11
野牛比尔 12
初 月 13
树 枝 14
献给走在晨光前的人的赞美诗 17
有自豪下巴的人 18
击球与跑垒 19

地之诗

雾 21
年轻的海 22
我是谁？ 23
道路与终点 24
从奥马哈旅馆窗口看日落 25
特 急 26
笑咧嘴的玉米 27
挖泥工 28
游 艇 29
收获季的日落 30
老地方 31
黄色主题 32
野水牛的黄昏 33
烟和钢（节选） 34
摩天大楼爱夜晚 35
山谷之歌 36
两座山之间 37
某 年 38
河 道 39
沿街橱窗 40

卡尔·桑德堡所思所想 41

人之诗

年轻的牛蛙

吉米·温布尔顿在六月的第一周就听到。
沿着伊利诺伊州北部草原的路沟壑纵横，
年轻牛蛙的歌声填满了夜的苍穹。
无限的节拍器，呱呱叫起来，
歌声高扬，在谜一般的唱诗班中响起。
他们用音乐的谜语令他头疼不已。
他们以打击乐的抑扬顿挫让他头脑休息。
吉米·温布尔顿在听着。

杂 草

从萝卜抽芽开始
到玉米挺立
亨利·哈克曼的锄头困了。

村里有针对杂草的法律。
法律说：杂草是错误的，应该被杀掉。
杂草们却说：生活单纯又可爱
杂草疯长，前仆后继，像叛军一样。
亨利·哈克曼的锄头困了，
村里关于杂草的禁令不可改。

汤

我看到一个名人喝汤。
我说他正把一口肥肉羹
用勺子塞进自己嘴巴。
那天他的名字在报纸上
在高大上的黑色标题中拼写出来
成千上万的人都在谈论他。

我看到他时，
他正坐着把头垂向盘子
用勺子把汤塞进嘴里。

我是人民，是草民

我是人民——草民——人群——大众。

你知道世界上所有伟大的工作都是通过我完成的吗？

我是工人、发明家，世上食品和服装的制造者。

我是见证历史的观众。拿破仑和林肯都来自我。他们死了后我贡献出更多的拿破仑和林肯。

我是播种的良田。我是肥沃宜耕的草原。狂风暴雨掠过我。我忘记。我最好的部分被吸光，被废掉。我忘记。除了死亡，什么东西都来了，让我干活，让我放弃自己的所有。而我忘记。

有时候我会咆哮，摇晃自己，溅几滴鲜红给历史，好让它记住。然后——我忘记。

当我，人民，学会记住，当我，人民，汲取昨天的教训，不再忘记去年是谁抢劫过我，谁玩弄我当我傻瓜——那么世界上所有人说这个名字："人民"时，才不会带有任何一丝冷笑或嘲笑。

草民——人群——大众——将接踵而至。

山南多

　　山南多山谷①，一个骑手灰，一个骑手蓝②，他俩上空，太阳吓一跳。

　　都要堆在山南多，骑手们蓝，骑手们灰，用铁锹填堆，一个又一个，山南多的尘土接纳他们，比妈妈们接回玩疯了的孩子还要快。

　　没人记得蓝，没人记得灰，在山南多现在全都老成一堆。

……

　　然而一切都很年轻，蒲公英奶油般洒在草皮上，蓝花爬满许愿的林地，它们都很讶异：在山南多，一朵午夜的紫罗兰充当了太阳，为那些老去的头，为那些蓝骑手灰骑手头里的旧梦照耀。

①山南多山谷，属于西维吉尼亚，美国内战战场（1861—1865）。
②指蓝骑手和灰骑手，分别代表内战中的北军和南军。

葆拉

这首歌中没有别的——只有你的脸。
这里没有别的——只有你沉醉的、夜灰色的眼睛。

码头直奔进湖中,像一根枪管。
我站在码头上,清晨中,唱着我多么了解你。
这不是你的眼睛、你的脸,我记得。
这不是你跳舞的、赛马般的脚。
这是我所记得你的别的事,那些码头的早晨。

当你抚摸我时,你的手比果仁黑面包更甜。
你的肩膀擦着我的臂弯——西南风拂过码头。
我忘了你的手和肩膀,我再说一遍:

这首歌中没有别的——只有你的脸。
这里没有别的——只有你沉醉的、夜灰色的眼睛。

注:葆拉,诗人的妻子,他们1908年结婚。

手动系统

玛丽有一个玩意儿夹在耳朵上，
整天坐在那，把插头拔出又插入。
闪啊闪——说啊说，
把耳朵叫来把词塞进去。
电线末端的脸问候另一些脸，
在另一些电线末端：
整天拔出插头又插上，
玛丽有一个玩意儿夹在耳朵上。

注：手动系统是早期电话通信所依赖的接线生使用的接线工具，用来手动连接发话人与受话人。

爵士乐幻想曲

击打着鼓,拨动着班卓琴,让长长酷酷、弯弯绕绕的萨克斯呜咽。

去吧,哦爵士乐手。

用你的指节叩响快活的锡锅,让你的长号缓缓流泻,细滑砂纸①擦出"呼撒呼撒呼嘘"。

呻吟,像秋风高挂孤寂树梢上,低叹,像你很渴望的那个家伙,嚎叫得像一辆赛车从摩托骑警身边溜过,砰砰!

你这爵士乐手啊,一下子大鼓小鼓、木鱼、班卓琴、小号、锡罐②齐鸣,砰砰!——像两个人在楼梯顶上决斗,打成一团滚下楼梯抓伤眼。

甭管那些粗人……现在密西西比汽船叫着"吼吼吼喔"向夜晚的河推进……绿色灯笼呼唤高空朦胧的星……红月亮骑在河边山丘的驼峰上……

奏起来吧,哦爵士乐手。

①砂纸,是指一种叫 Sandpaper Blocks 的拉丁敲击乐器。

②锡罐,是指一种叫 Tin Can Drums 的自制敲击乐器。

伊利诺伊的农民

请心怀敬意安葬这位伊利诺伊的老农民。

他一辈子都是白天在伊利诺伊的玉米地里干活,然后在伊利诺伊的夜晚睡觉。

现在他长眠不起了。

他听过在玉米穗和玉米须间吹拂的风——当雪染白谷仓中筐子里的黄玉米时,那在冻成冰的凌晨吹过他的红胡子的风。

现在同样的风将吹遍这里:这里,他的手必定会梦见伊利诺伊的玉米。

野牛比尔

约翰尼·琼斯的少年心——渴望今天吗?
渴望,野牛比尔在镇上吗?
野牛比尔和小马、牛仔、印第安人在一起吗?

我们当中有人知道
这一切,约翰尼·琼斯。

野牛比尔斜眼看人
骑在马上,帽子下他跧跧的样子。
他坐在一匹马上,过客的眼神
死盯在约翰尼·琼斯、你和我身上,
光着脚骑在马上,帽子下斜眼看人,过客一样,
他漫不经心的眼神。

踢踏踢踏,哦,小马哒哒沿街走来
哦,野牛比尔,来吧,再次双眼斜视。
让我们的少年心再痛一次。
以我们对草原的充血的爱,在一个个黑夜:独行马
车、来复枪齐发、噼噼啪啪射向伏兵的黑夜,再次把我
们灌醉吧。

注:野牛比尔(Buffalo Bill),美国西部的传奇人物,本名为威廉·科迪(William Cody, 1846—1917),曾猎杀了四千多头野牛;后从事演艺,成为美国西部的经典形象。

初　月

　　婴儿月，独木舟，银娃儿①独木舟，划呀划，在印第安西部。

　　一圈银狐，银狐雾，坐呀坐，在印第安月亮②周围。

　　一颗黄星星照着一个跑着的人，成排蓝星星照着更多跑着的人，观众列成行。

　　哦狐狸、婴儿月、跑着的人们，你是记忆的集合，今夜，白的火写下红人的梦。

　　谁蹲下，盘着腿，抱着胳膊，将自己的脸朝向西方月亮的脸、星星的脸？

　　谁是密西西比河谷铜额的鬼魂，在夜里骑着精瘦的小马驹？——马颈上没有马缰，也没有心爱的枪，在深夜沿着长长的古道骑行？

　　为什么他们总会回来，每当银狐围坐在初月四周，那银色的娃儿，在印第安西部？

①娃儿，原文Papoose，北美印第安人对婴儿幼儿的称呼。
②印第安月亮，指印第安人给每个月份的月亮起了不同的名字。

树　枝

　　四月风雨夜，漫长又美丽，
　　长夜从白桦树顶部弯低的枝条垂下，
　　摇摆，摇曳，向风要一个伙伴，向雨找一个朋友。
　　今早上他们哼唱的嗡嗡声、嗖嗖声是什么？
　　西部早晨的天空，有雨，有风，雨脚不断如低语，如此纤弱如此细微……
这些跳舞的女孩在四月清晨……
　　她们刚度过一个悠长的凉夜，和伙伴一起学唱今年四月的歌。

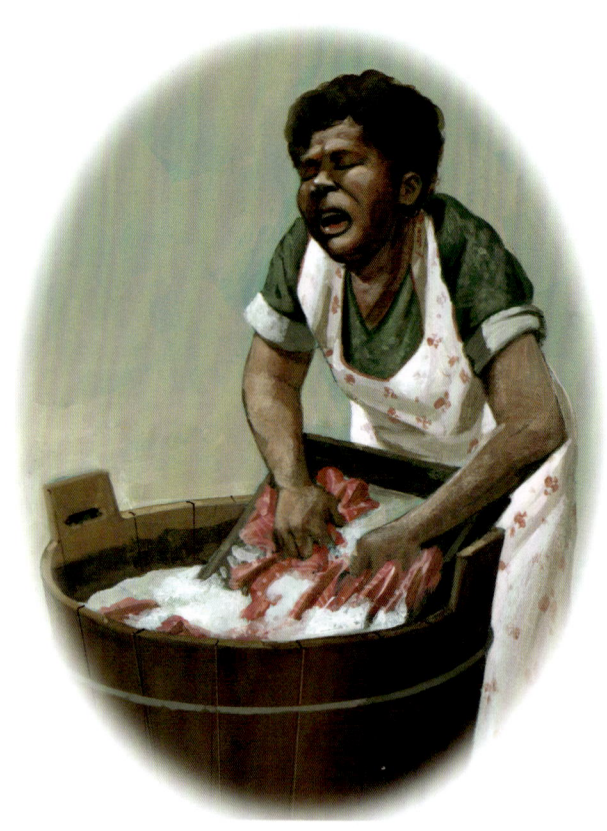

献给走在晨光前的人的赞美诗

警察买鞋慢挑细选；货车司机买手套精心挑选；他们爱惜自己的脚和手；他们靠脚和手生活。

送奶工从不争辩；他独自工作，没有人跟他说话；这个城市还在睡觉，他已经上班；他在六百个门廊上放上奶瓶，这就是他一天的工作；他爬上了两百级木楼梯；两匹马是他的伙伴；他从不争辩。

轧机工人和钢板厂工人是灰渣的兄弟；一天工作结束后，他们倒空鞋子里的灰渣；他们让妻子补好他们裤子膝头烧出的破洞；他们的脖子和耳朵上满是污垢；他们搓脖子搓耳朵；他们是灰渣的兄弟。

有自豪下巴的人

我告诉他们风从哪里来，
小提琴关在琴匣后，音乐去了何处。

孩子们——我看到有人有自豪的下巴，做梦的头，
月亮渐渐染白她的枕。
我在星光下见过他们的头
他们自豪的下巴在星云中前进。

他们是我从来骗不了的人。
我给他们的都是诚实答案，
答案清晰得像棕栗子上的白圈圈。

击球与跑垒

我记得奇利科西队球员在黑暗里结束了对石岛队①球员的十六局比赛。

在落日前奇利科西队球员的肩膀是一片红色烟雾,在落日前石岛队球员的肩膀是一片黄色烟雾。

裁判员的声音嘶哑地叫着"好球""击中"和"出局",裁判的咽喉在灰尘中为一首歌战斗。

①奇利科西和石岛是伊利诺伊州的两个镇,也是两支棒球队的名称。

地之诗

雾

雾来了,
踮着小猫爪。

它静静蹲下,
坐坐好,
环顾城市和港口,
然后继续往前走。

年轻的海

大海永不静止。
它重击海岸
像年轻的心脏躁动,
猎取。

大海说话
只有那些狂风骤雨的心
才知道它说什么:
这是一个坎坷的母亲
说话的脸。

大海正年轻。
一场风暴清除了所有的霜发①
抚平了它的年纪。
我听到它笑,毫无忌惮。

他们爱大海,
那些骑在海上
并知道自己会死在
它的盐下面的人。

只让年轻人来,
海说。

让他们亲吻我的脸颊
倾听我。
我用最后一个字
说出
风暴和星星来自哪里。

①霜发,原文 Hoar,一种天气现象,冰晶或水蒸气的结霜覆盖了事物和植被。亦指老人灰白的鬓发。

我是谁？

我头触星辰。
我脚踏山巅。
我的指尖在所有生命的山谷和岸边。
探听最初的潮声，我伸出双手玩耍着命运的鹅卵石。
我前往地狱又折返人间多次。
我知道关于天堂的一切，因为我曾和上帝交谈。
我曾身陷刀光血影般的险境。
我知道美的激情骤然迸发，
知道人的叛逆都意味着："离我远点。"

我的名字是真理，我是宇宙中最难以捉摸的囚徒。

道路与终点

我会上路，
在入暮时分。
饥饿的各种形状在那里游荡，
痛苦的逃亡者在那里路过。

我会上路，
在早晨的静默中。
看夜色阑珊混入黎明，
听大风缓缓吹起——
在那里，沿路高树
并肩朝向天。

路边碎裂的巨石
不会纪念我的毁灭。
只有脚下的沙砾惋惜。
我会盯着
小鸟掠翅迅捷
加入风和雷声的队列，
追赶雨的狂野巡礼。

我漫游过的路上的尘土
会轻抚我的手和脸。

从奥马哈旅馆窗口看日落

红太阳
跑入蓝蓝河山间,
长长流沙变幻。
今天将尽,
今天不值得争论不休。

这儿是奥马哈①,
暮色是苦的,
和芝加哥一样,
或基诺沙②一般。

长长流沙变幻。
今天将尽。
时间敲进又一枚黄铜钉③。
一个黄箭头射击黑暗。

星座,
轮转而过奥马哈,
和芝加哥一样,
或基诺沙一般。

长长流沙消失了,
群星喋喋不休。
它们环绕在内布拉斯加的穹顶上。

①奥马哈,内布拉斯加州的城市。
②基诺沙,威斯康辛州的城市。
③黄铜钉,一般在棺材中使用,因为它们不会生锈。

特　急

　　我乘坐着特急列车①，这是国家最一流的火车之一。

　　猛穿过大草原，进入蓝霾和昏暗的空气，十五节全钢的车厢，载着上千人。

　　（所有的车厢都会废弃和生锈，所有在餐车和卧铺中笑着的男人和女人都会化为灰烬。）

　　我问一个吸烟车厢里的家伙他要去哪儿，他回答："奥马哈。"

①特急列车，一种停靠很少站台的特快火车。

笑咧嘴的玉米

有一个大鬼脸,
前天,躲在黄玉米里。

一个大鬼脸,
后天,会在黄玉米里跳出来。

玉米在夏末成熟,
并带来征服的笑声,
带着高昂的征服之笑来吧。

长尾乌鸦叫声嘶哑。
一只较小的乌鸦在树茎上叽喳,
它肩膀上有一个红斑点,
我一生从未听过它的名字。

有些玉米在迸裂,
里面有白汁流溢。
玉米的胡须在顶端绵延,在风中摇晃。
总是这样——我从不知道还有别的什么方式——
风和玉米在一起商量。
还有雨和玉米,还有太阳和玉米
一起商量事情。

路的另一边是农舍,
白色的壁板,绿色的百叶窗松散。
在玉米剥壳之前没法修理它们吧,
农夫和他的妻子一起商量这事情。

挖泥工

二十个人看着挖泥工干活。
狠狠铲着沟渠两侧
黄灿灿的黏土,
挥舞他们铲子的锋刃
深入再深入,为了新的瓦斯管道①。
用红手帕
擦掉他们脸上的汗水。

挖泥工一直干活……有时停下……把他们的靴子
从泥泞的吮吸中拔出来。

二十个看客中
有十个在嘀咕:"哦,这活像在地狱里干的。"
其他十个在呢喃:"耶稣呀,真希望我也有这份活干。"

①瓦斯管道,1900—1914年芝加哥为了供给能源修建的地下管道系统。其时美国失业率较高。

游　艇

　　星期天晚上，公园里，警察们互相提醒，天黑极了，像密歇根湖上那一堆黑猫那么黑。

　　一艘大游艇从索格塔克①的桃子农场回到芝加哥。

　　数以百计的电灯泡打破了夜晚的黑暗，一群红的黄的鸟儿，翅膀静止在空中。

　　沿着甲板栏杆张灯结彩，从船首和船尾到高高的烟囱，弧光来回跳跃。

　　在我的码头，潮浪吱嘎响，岸上传来嘶哑的回应，铜管乐器嗡嗡作响，为归来的游子演奏着一首波兰谣曲。

①索格塔克，密歇根州的城镇，20世纪早期中西部居民的度假胜地。

收获季的日落

池水金红潋滟，
六点钟日落犁沟，
农民干完农活，
谷仓里的奶牛乳房胀鼓鼓的。

带走奶牛和农民，
带走谷仓和鼓胀乳房。
留下池中的赤金
以及六点钟日落犁沟。
农夫的妻子在唱歌，
农夫的男孩在吹口哨，
我在一池金红中洗我的手。

老地方

壮年的时候,我会去的地方
一处是我带着长耳猎犬
去过的沼泽池。
一处是野生海棠树下;我曾在那儿
与一个女孩分享一个月夜。
现在,狗走了;女孩走了;没有其他地方去时
我会去看看这些地方。

黄色主题

在秋天
我用黄色球球点缀山丘。
我照亮草原上的玉米田
橙色和茶色的金棒子,
而大家叫我南瓜。
在十月的最后一天,
当黄昏降临时
孩子们手拉手

围着我转圈
唱着鬼怪歌谣
和对满月的爱;
我是一个南瓜灯笼——
牙齿可恐怖了。
孩子们都知道
我在开玩笑。

野水牛的黄昏

野水牛们死了。

那些看见过野水牛的人都死了。

那些人见过成千的野水牛,见过它们用蹄子把草原上的草皮踢踏成尘,见过它们低垂硕大的头在黄昏的盛大庆典中费力前进,

那些看见过野水牛的人都死了。

野水牛们死了。

烟和钢（节选）

春天原野上的烟是一回事，
秋天落叶的烟是另一回事。
钢铁厂屋顶的烟，战舰烟囱的烟，
都在烟囱中一线升起，
或者卷曲……在风的……缓慢卷曲中。

如果北风来了，烟会跑到南方。
如果西风来到，烟就跑向东。
通过这个迹象，
所有的烟
都知己知彼。
春天田野的烟，秋天落叶的烟，
成品钢的烟，冷凝泛蓝，
它们凭着工作合约发誓说："我认识你。"

在很久以前上帝从黑暗中创造我们，
我们被斥责被猎杀，
黑暗深处，是我们从中诞生的余烬——
你、我和我们烟的头颅

注：《烟和钢》是桑德堡最有名的长诗。

摩天大楼爱夜晚

摩天大楼的灯,一颗接一颗,点亮夜的天鹅绒晚礼服上的方格十字绣。

我相信摩天大楼爱着夜晚像爱一个女人,她想要的玩具他都带来,还有一件天鹅绒礼服,

他爱着藏匿在这一切黑暗感觉下的她肩膀的皎白。

那钢石结构的家伙深入夜晚寻找他的所爱,
他有点晕,几乎跳起舞来……等待着……黑暗……

山谷之歌

暮光绵延
到山谷的西边,你记得。

霜冻开始。
一颗星燃着蓝光。
我们正温暖,你记得,
还点数着月球上的指环。

暮光绵延
到山谷的西边,
消逝在群星环绕的大黑门里。

两座山之间

两座山之间
耸立着老城。
房子隐现,
还有屋顶和树,
还有黄昏和黑暗,
湿气和露水
都在那儿。

祈祷完了,
人们休息,
因为睡意已经萌生,
而梦触碰了
所有事物。

某 年

一

一阵白色花瓣的风暴，
零落花蕾张开婴儿拳头
进入繁花的手。

二

红玫瑰向上爬，
它为生计而攀登的掌爪
在猩红中浸透。

三

破烂叶子的乌合之众
抱着金色而脆弱的希望，
挨着凹坑和沟渠里
被践踏的东西

四

白霜和沉默：
只有渐弱的声音
来自风的黑暗和寂寞——
给长眠者的宏大摇篮曲。

河　道

让乌鸦去兜售它们的哇哇叫。
它们一直在某个煤矿般黑的夜游泳。
让它们叫卖它们的哇哇叫。

让啄木鸟在山胡桃树桩上敲啊敲。
几百年来，它一直在某处红、蓝池子游泳；
蓝染了它的翅膀，红染了它的头。
让它的红头敲鼓，敲啊敲。

鸟儿倒映在黑池子的镜中。
这些老地方来的老泳客，池塘里它们的翅膀颤颤。

红翅鸟像一线朱红色划过绿树的队伍。
沿河的雾气把紫色渗入一个女人慵懒肩上的披巾。

沿街橱窗

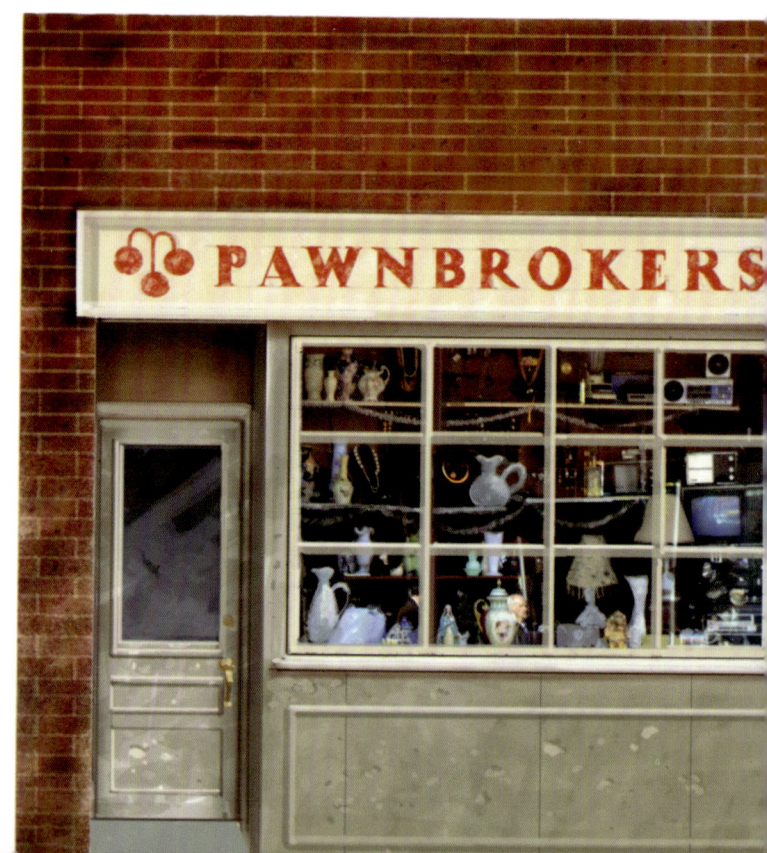

当铺老板懂得饥饿,
懂得若有人
把昔日信物也带来典当,
饥饿已把他的心脏咬得多深。
这里有结婚戒指和婴儿手镯,
围巾别针和鞋扣,镶宝石的吊袜带,
带镶嵌手柄的老派刀具,
金、银古董手表,
被手指磨损的老硬币。
它们在把故事讲。

卡尔·桑德堡所思所想

年轻的牛蛙：卡尔描写了一个男孩如何从牛蛙的叫声中听出了音乐，而不只是一些噪音。他写出了吉米有一双懂音乐的耳朵，自夏天开始，这音乐就一直在他的脑海中盘旋。

杂草：亨利锄他的杂草，因为这是那地区的农民所必须做的。尽管亨利知道除草是农事需要，但他仍然看到杂草的力量。而且亨利知道，没有什么锄头能真正清除杂草。

汤：通过描绘一个普通的喝汤的情景，卡尔告诉我们所有的人都是平等的，就算是名人也一样。

我是人民，是草民：这是卡尔最有名的诗之一。他为美国人民的力量和坚韧而喜悦，因为他们付出共同的努力去维护美国的民主。

山南多：1864年发生在山南多山谷的内战战场被视为士兵的埋骨之地。但是经过时间的流逝，田野里长满了野花和青草，它们诉说着生命。

葆拉：这是卡尔写给他妻子葆拉的情歌，他把他的诗比作一首歌唱他妻子尤其是她的容颜的歌。这也是码头唱给深海的歌。

手动系统：试想没有手机或电子邮件的早期电话通信如何——早期的交流似乎是一种魔法，人们的声音在奇异的装置中现形。

爵士乐幻想曲：在密西西比河游船上的爵士音乐是放任自流和调皮的。卡尔使用拟声词作为一种诗歌技巧来创建新词，就像一个现实的声音——"呼撒呼撒呼嘘"。

伊利诺伊的农民：农夫总想被葬在自己的土地上——他带着梦想工作过的地方。

野牛比尔：野牛比尔象征着美国西部伟大的英雄，当他带着他的表演秀来到镇里，那场游行撩动了年轻男孩们的心。

初月：初月是月亮周期的开端，它看起来像一个小的银钩或指甲、印第安人的独木舟。这首诗探讨了青年在美国本土文化中的潜力。

树枝：春天的喜悦是通过看和聆听树枝在风中的摇摆所感受的，树枝就像舞者一样。

献给走在晨光前的人的赞美诗：我们应该赞美那些通过他们的繁重工作让我们生活得更好的人，赞美那些只有很少的时间留给家人和朋友的劳动者。他们对自己的工作感到自豪，从无怨言。

有自豪下巴的人：卡尔写到孩子们天生有辨别真相的能力。这些孩子有强壮的下巴，不被愚弄，因为他们总能看穿谎言和骗局。

击球与跑垒：卡尔向我们演示了一支棒球队要赢得一场不寻常的漫长比赛多么艰难，对裁判员和球迷也一样。卡尔小时候在伊利诺伊州的盖尔斯堡成长，那时他会和朋友们在一个废弃空地打棒球。

雾：卡尔给了我们一幅雾的画像——它爬行，停止，并继续前进。这是一个隐喻，把雾比作一只正在溜走的猫。

年轻的海：卡尔想象年轻的感觉就像大海的运动。像大海一样，一个年轻的人会焦躁、冲动和大笑。

我是谁?：卡尔在天上、在山上、在海边寻找真理。自然界就是一个寻求真理、认识宇宙的地方。

道路与终点：生活就像走在一条尘土飞扬的小路上，不舍昼夜。这是一次冒险，一趟为了体验环绕我们的大自然的旅程，然后我们在生活的触碰下，变脏蒙尘。

从奥马哈旅馆窗口看日落：在内布拉斯加州的奥马哈，卡尔描绘了一个地球的开阔景象、大平原的浩瀚景观。卡尔欢庆这个世界的奇迹，它的过去和现在被发现在天空与大地交汇的地平线上。

特急：在20世纪初，特急列车是从一地到另一地的最快的方式，通常只停大城市，比如从芝加哥到奥马哈。在括号中，卡尔感叹当火车不再有用时，这种文化也将失去。

笑咧嘴的玉米："大鬼脸"是一个奇特的意象，与不可能的意念放在一起，变成一个严肃的笑话。这首诗把玉米地里的笑闹与农夫和他的妻子相对照。

挖泥工：挖泥工的工作被描绘成又乱又肮脏，但1910年代的人们仍然希望在失业潮里能得到这份工作。

游艇：卡尔描写了周末游艇，许多芝加哥人从芝加哥横跨密歇根湖去索格塔克和密歇根著名的"大亭子"。

收获季的日落："金红池"被提及三次，暗示这是一个可爱的大丰收。

老地方：卡尔写出了一个地方如何塑造我们的记忆。

黄色主题：卡尔通过假装自己是一个万圣节南瓜来告诉我们，它如何成为万圣节庆典的一部分。

野水牛的黄昏：卡尔感叹美洲水牛在1800年代灭绝，那是美国历史上一个可悲的时刻。

烟和钢（节选）：各种烟混合在一起，因为风吹扬着它们。我们的思想就像烟雾一样，四处游走，然后混合在一起。

摩天大楼爱夜晚：摩天大楼的石头和钢铁的白天形象，爱上了建筑的夜间形象，后者就像一个优雅的女人穿着闪闪发光的晚礼服的身影。

山谷之歌：太阳在山谷中落下，红橙色的余晖隐没于地平线下。我们只看到在头顶的星光满布的夜空。

两座山之间：人们受到周围群山环绕的庇护，晚上在山谷里一个寂静的村庄里安宁地睡去。

某年：一年的各个时刻的花和树呈现了每个季节的样貌，我们是如何看到和听到这些时刻的。

河道：在这条道上，我们发现各种各样的鸟，充满了颜色和声音。鸟儿在附近的水池里游泳，像人一样。

沿街橱窗：当铺的每一件物品都带有一个私人的故事。

评论

如果弗罗斯特的诗作是大自然的哲理诗，那么桑德堡就是城市的哲理诗人。

——余光中

桑德堡作品受惠特曼影响，两人都善于使用自由诗体和俚语，后者在桑德堡身上体现得更自发和丰富。他是一个活力充沛甚至有些粗豪的诗人。

——博尔赫斯

这些诗活泼、富有活力和沉思，形式上充满头韵和重复，既有趣又发人深省。

——《卫报》2017年最佳儿童类新书指南（共15本书入选）第一位

该选本将成为诗歌研究的极好资源，也可以作为国家诗歌月的特色项目。

——美国学校图书馆网

诗意的语言和意象之美可以激发幼儿的想象力。诗歌的奥秘在于它可以独立于知识分子的"理解"而激发情感。我们不必知道一首诗是如何工作的，或者它的每一个典故，都会被感动。一首诗不是一个需要解开的谜语。一首诗就是它自己。

——南茜（美国读者）

Poetry for Kids: Carl Sandburg
Illustrated by Robert Crawford and edited by Kathryn Benzel, PhD
© 2017 Quarto Publishing Group USA Inc.
Original text © 2017 Kathryn Benzel
Illustrations © 2017 Robert Crawford
Simplified Chinese edition © 2022 Chongqing Publishing & Media Co., Ltd.
All rights reserved.
版贸核渝字(2018)第068号

图书在版编目(CIP)数据

桑德堡给孩子的诗：走在晨光前的人/〔美〕卡尔·桑德堡著；〔美〕罗伯特·克劳福德绘；廖伟棠译. —重庆：重庆出版社, 2022.9
（外国最美的童诗）
ISBN 978-7-229-14771-6

Ⅰ. ①桑… Ⅱ. ①卡… ②罗… ③廖… Ⅲ. ①儿童诗歌—诗集—美国—现代 Ⅳ. ①I712.82

中国版本图书馆CIP数据核字(2022)第135566号

桑德堡给孩子的诗：走在晨光前的人
SANGDEBAO GEI HAIZI DE SHI: ZOUZAI CHENGUANGQIAN DE REN
〔美〕卡尔·桑德堡 著
〔美〕罗伯特·克劳福德 绘
廖伟棠 译

责任编辑：周北川
责任校对：刘小燕
装帧设计：百虫文化
封面设计：璞茜设计

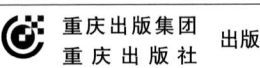

重庆出版集团 出版
重庆出版社

重庆市南岸区南滨路162号1幢 邮政编码：400061 http://www.cqph.com
重庆豪森印务有限公司印刷
重庆出版集团图书发行有限公司 发行
E-MAIL: fxchu@cqph.com 邮购电话：023-61520417
全国新华书店经销

开本：889mm×1194mm 1/24 印张：2$\frac{1}{3}$ 字数：30千
2022年12月第1版 2022年12月第1次印刷
ISBN 978-7-229-14771-6
定价：30.00元

如有印装质量问题，请向本集团图书发行有限公司调换：023-61520417

版权所有 侵权必究